TABUADA
PASSO A PASSO

Você aprende e não esquece mais!

VIRGINIA FINZETTO e EVELYN HEINE

PARA QUE SERVE A TABUADA?

TUDO COMEÇOU QUANDO ALGUÉM PRECISOU CONTAR AS COISAS.

GRAÇAS À CAPACIDADE DE PENSAR, O HOMEM FOI DESCOBRINDO
COMO FAZER VÁRIOS CÁLCULOS.
A PARTIR DAÍ, PARA SOMAR E MULTIPLICAR FOI UM PULO!

POR ISSO, RESPONDA SEM MEDO:
A TABUADA SERVE, EM PRIMEIRO LUGAR, PARA DESENVOLVER
O RACIOCÍNIO E AJUDAR A CALCULAR MAIS RÁPIDO.
É UM EXERCÍCIO DE APRENDER A APRENDER.

MEMORIZAR A TABUADA É A ETAPA SEGUINTE, PARA FIXAR NA MEMÓRIA
O RESULTADO DESSE APRENDIZADO.

JÁ PENSOU SE A PRIMEIRA PESSOA QUE RESOLVEU CONTAR
NÃO TIVESSE DECORADO O QUE APRENDEU?

NÃO PODERIA TER DADO O PASSO SEGUINTE, POIS FICARIA SEMPRE
TENTANDO RESOLVER O PRIMEIRO PROBLEMA: O DE CONTAR!

AO LONGO DA HISTÓRIA, VÁRIOS INSTRUMENTOS FORAM CRIADOS
PARA AUXILIAR ESSE PROCESSO, COMO A RÉGUA, A CALCULADORA, O COMPUTADOR...
PORÉM, POR SI SÓS, ELES NÃO FAZEM NADA...

SOMOS NÓS QUE TEMOS A HABILIDADE DE RACIOCINAR E CRIAR SEM LIMITES.
PARA ISSO, É PRECISO TREINAR!

INVISTA NO CONHECIMENTO E DESCUBRA COMO ELE PODE SER ÚTIL A VOCÊ.

NESTE LIVRO, VOCÊ VAI ENCONTRAR ALGUMAS DICAS DA
MATEMÁTICA ENSINADA NO ENSINO FUNDAMENTAL.

ALÉM DISSO, DESCOBRIRÁ UM JEITO FÁCIL DE APRENDER E
NÃO ESQUECER MAIS A TABUADA!

VOCÊ PODE CONTAR INÚMERAS COISAS: CARROS, DOCES, DINHEIRO, FORMIGAS, PESSOAS...

TENTE COM ESTES EXEMPLOS:

▶

▶

SEM PERCEBER, VOCÊ JÁ CONTAVA ANTES MESMO DE APRENDER A ESCREVER. QUER VER?

A CADA ANIVERSÁRIO, VOCÊ IA JUNTANDO MAIS UM NÚMERO 1 À IDADE ANTERIOR! CERTO?

SOMAR OU ADICIONAR?

É A MESMA COISA! **SOMAR** OU **ADICIONAR** SIGNIFICA JUNTAR (+) EM UM ÚNICO NÚMERO VÁRIAS UNIDADES DA MESMA ESPÉCIE.

EI, URSULINA, O QUE VOCÊ TROUXE DE LANCHE?

UMA MAÇÃ, UM SANDUÍCHE, UM COPO DE ÁGUA E UM CACHO DE UVA.

VEJA COMO OS EXEMPLOS DA PÁGINA ANTERIOR PODEM SER ESCRITOS!

DESTA MANEIRA:

 = 8

 = 5

ASSIM:

$1 + 1 + 1 + 1 + 1 + 1 + 1 + 1 = 8$

$1 + 1 + 1 + 1 + 1 = 5$

OU ASSIM:

```
  1           
  1           
  1           1
  1           1
  1           1
  1           1
  1           1
+ 1         + 1
___         ___
  8           5
```

QUANTAS FORMAS, PROFESSORA GIMENES!

E ASSIM TAMBÉM:

4 LANCHES

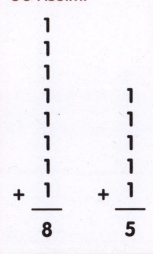

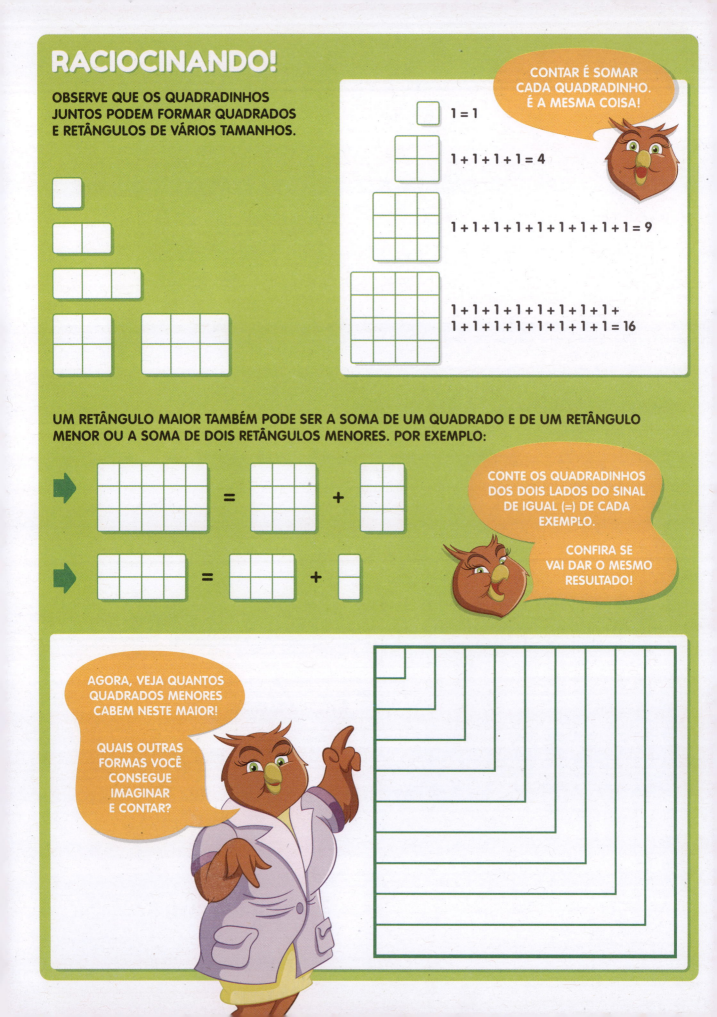

O QUE É A TABUADA?

1 + 1 + 1 + 1 + 1 + 1 + 1 + 1 + 1 + 1 + 1 + 1 + 1 + 1 + 1 + 1 = 16

QUE CONTA COMPRIDA, PROFESSORA!

EXISTE OUTRO JEITO DE FAZER?

SIM!

EM VEZ DE **SOMAR** MUITAS VEZES O MESMO ALGARISMO, **MULTIPLICAMOS** (x) ESSE NÚMERO PELO NÚMERO DE VEZES QUE SE QUER.
DESSA MANEIRA, O NOSSO EXEMPLO FICA ASSIM:

1 x 16 = 16

INTERESSANTE!

ESTAMOS APRENDENDO A FAZER **TABUADA**, QUE É UM JEITO SIMPLES E MAIS RÁPIDO DE CONTAR AS COISAS.

MAIS UM EXEMPLO:

O NÚMERO DA LINHA MULTIPLICADO PELO NÚMERO DA COLUNA É A SOMA DOS QUADRADINHOS.

ENTÃO:

1 = 1
É O MESMO QUE
1 x 1 = 1

2 + 2 = 4
É O MESMO QUE
2 x 2 = 4

MAIS EXEMPLOS:

2 + 2 + 2 = 6
É O MESMO QUE
3 x 2 = 6 E
2 x 3 = 6

2 + 2 + 2 + 2 = 8
É O MESMO QUE
4 x 2 = 8 E
2 x 4 = 8

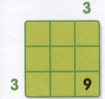

3 + 3 + 3 = 9
É O MESMO QUE
3 x 3 = 9

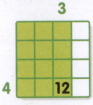

3 + 3 + 3 + 3 = 12
É O MESMO QUE
4 x 3 = 12 E
3 x 4 = 12

AGORA É COM VOCÊ!

QUE TAL ESTUDAR AS TABUADAS DO 1 AO 10?

NESTE QUADRADO, VOCÊ VAI APRENDER O RESULTADO DA MULTIPLICAÇÃO DE CADA NÚMERO DA LINHA VEZES O NÚMERO DA COLUNA E VICE-VERSA.

	1	2	3	4	5	6	7	8	9	10
1	1									
2		4								
3			9							
4				16						
5					25					
6						36				
7							49			
8								64		
9									81	
10										100

SIGA OS EXEMPLOS: CONTE AS CASAS E ESCREVA OS RESULTADOS QUE FALTAM NO QUADRADO ACIMA.

EXEMPLOS

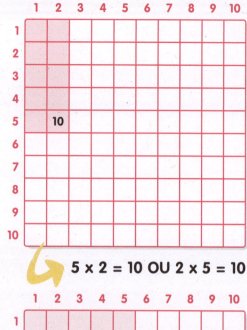

5 x 2 = 10 OU 2 x 5 = 10

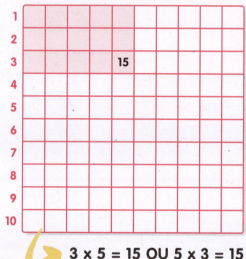

3 x 5 = 15 OU 5 x 3 = 15

O CASO DO NÚMERO 1!

O 1 É CHAMADO DE ELEMENTO NEUTRO DA MULTIPLICAÇÃO. QUALQUER NÚMERO VEZES 1 CONTINUA SENDO ELE MESMO. VAMOS CONFERIR?

OBSERVE O RESULTADO DE 1
(DA LINHA OU DA COLUNA)
X
QUALQUER NÚMERO
(DA LINHA OU DA COLUNA):

1 x 1 (1 QUADRADO), 1 x 2 (1 QUADRADO + 1 QUADRADO = 2 QUADRADOS)...

	1	2	3	4	5	6	7	8	9	10
1	1	2	3	4	5	6	7	8	9	10
2	2									
3	3									
4	4									
5	5									
6	6									
7	7									
8	8									
9	9									
10	10									

1 x 1 = 1
1 x 2 = 2
1 x 3 = 3
1 x 4 = 4...
ENTENDI! QUE LEGAL!

PROPRIEDADES DA MULTIPLICAÇÃO

A MULTIPLICAÇÃO PODE SER DESDOBRADA EM DUAS, PODE SER FEITA TROCANDO-SE OS NÚMEROS DE LUGAR... CONHEÇA SUAS PROPRIEDADES:

COMUTATIVA

SIGNIFICA QUE DÁ O MESMO RESULTADO MULTIPLICAR UM NÚMERO PELO OUTRO E VICE-VERSA. A ORDEM DOS NÚMEROS NÃO ALTERA O RESULTADO.

3 x 4 = 12
4 x 3 = 12

É MESMO, O RESULTADO É 12!

ASSOCIATIVA

SIGNIFICA QUE, AO MULTIPLICAR TRÊS OU MAIS NÚMEROS, NÃO IMPORTA A ORDEM QUE VOCÊ ASSOCIA PRIMEIRO.

2 x 4 x 3 =
PODE SER
(2 x 4) x 3 OU
2 x (3 x 4)

DÁ O MESMO RESULTADO: 24!

DISTRIBUTIVA

SIGNIFICA QUE AS OPERAÇÕES DE UMA SENTENÇA MATEMÁTICA DE MULTIPLICAÇÃO E SOMA PODEM SER RESOLVIDAS DE MAIS DE UMA FORMA.
NUMA SENTENÇA COMO ESTA: 2 x (4 + 3), TANTO FAZ RESOLVER ASSIM

2 x 7 = 14

OU ASSIM

2 x 4 + 2 x 3 =
    8 + 6 = 14

DÁ O MESMO RESULTADO: 14!

FECHAMENTO

SIGNIFICA QUE, MULTIPLICANDO NÚMEROS NATURAIS (1, 2, 3, 4, 5... 15... 100...), O RESULTADO SERÁ TAMBÉM NÚMEROS NATURAIS.

ELEMENTO NEUTRO

COMO VOCÊ VIU NA PÁGINA ANTERIOR, QUALQUER NÚMERO NATURAL VEZES O 1 É ELE MESMO.

MUITA ATENÇÃO!

OUTRAS DICAS!

ZERO

QUALQUER NÚMERO MULTIPLICADO POR ZERO É ZERO! É SÓ VOCÊ PENSAR QUE VAI RECEBER ZERO DE MESADA POR MÊS. EM UM ANO, QUANTO VAI RECEBER? NADA. NADA VEZES NADA É NADA!

MÚLTIPLO

MÚLTIPLO DE UM NÚMERO NATURAL É QUALQUER NÚMERO QUE POSSA SER OBTIDO MULTIPLICANDO O NÚMERO NATURAL POR 0, 1, 2, 3, 4, 5... E ASSIM POR DIANTE. OUTRA FORMA DE SABER SE UM NÚMERO É MÚLTIPLO DE OUTRO É FAZENDO A DIVISÃO ENTRE ELES. SE O RESTO FOR ZERO, ENTÃO É MÚLTIPLO.

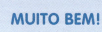

MUITO BEM!
ANTES DE APRENDER AS QUATRO OPERAÇÕES ARITMÉTICAS, É HORA DE MEMORIZAR OS RESULTADOS DE CADA TABUADA! BOM TREINO!

➕ TABUADA DE SOMA

0
0 + 1 = 1
0 + 2 = 2
0 + 3 = 3
0 + 4 = 4
0 + 5 = 5
0 + 6 = 6
0 + 7 = 7
0 + 8 = 8
0 + 9 = 9
0 + 10 = 10

1
1 + 1 = 2
1 + 2 = 3
1 + 3 = 4
1 + 4 = 5
1 + 5 = 6
1 + 6 = 7
1 + 7 = 8
1 + 8 = 9
1 + 9 = 10
1 + 10 = 11

2
2 + 1 = 3
2 + 2 = 4
2 + 3 = 5
2 + 4 = 6
2 + 5 = 7
2 + 6 = 8
2 + 7 = 9
2 + 8 = 10
2 + 9 = 11
2 + 10 = 12

3
3 + 1 = 4
3 + 2 = 5
3 + 3 = 6
3 + 4 = 7
3 + 5 = 8
3 + 6 = 9
3 + 7 = 10
3 + 8 = 11
3 + 9 = 12
3 + 10 = 13

4
4 + 1 = 5
4 + 2 = 6
4 + 3 = 7
4 + 4 = 8
4 + 5 = 9
4 + 6 = 10
4 + 7 = 11
4 + 8 = 12
4 + 9 = 13
4 + 10 = 14

5
5 + 1 = 6
5 + 2 = 7
5 + 3 = 8
5 + 4 = 9
5 + 5 = 10
5 + 6 = 11
5 + 7 = 12
5 + 8 = 13
5 + 9 = 14
5 + 10 = 15

6
6 + 1 = 7
6 + 2 = 8
6 + 3 = 9
6 + 4 = 10
6 + 5 = 11
6 + 6 = 12
6 + 7 = 13
6 + 8 = 14
6 + 9 = 15
6 + 10 = 16

7
7 + 1 = 8
7 + 2 = 9
7 + 3 = 10
7 + 4 = 11
7 + 5 = 12
7 + 6 = 13
7 + 7 = 14
7 + 8 = 15
7 + 9 = 16
7 + 10 = 17

8
8 + 1 = 9
8 + 2 = 10
8 + 3 = 11
8 + 4 = 12
8 + 5 = 13
8 + 6 = 14
8 + 7 = 15
8 + 8 = 16
8 + 9 = 17
8 + 10 = 18

9
9 + 1 = 10
9 + 2 = 11
9 + 3 = 12
9 + 4 = 13
9 + 5 = 14
9 + 6 = 15
9 + 7 = 16
9 + 8 = 17
9 + 9 = 18
9 + 10 = 19

> **ERIC, QUANTO É 2 + 8?**
>
> **FÁCIL... É 10!**
> **URSULINA, QUANTO É 7 x 7?**
>
> **AH, ERIC, ESSA EU JÁ SEI: 49!**

TABUADA DE MULTIPLICAÇÃO

1

1 x 1 = 1
1 x 2 = 2
1 x 3 = 3
1 x 4 = 4
1 x 5 = 5
1 x 6 = 6
1 x 7 = 7
1 x 8 = 8
1 x 9 = 9
1 x 10 = 10

2

2 x 1 = 2
2 x 2 = 4
2 x 3 = 6
2 x 4 = 8
2 x 5 = 10
2 x 6 = 12
2 x 7 = 14
2 x 8 = 16
2 x 9 = 18
2 x 10 = 20

3

3 x 1 = 3
3 x 2 = 6
3 x 3 = 9
3 x 4 = 12
3 x 5 = 15
3 x 6 = 18
3 x 7 = 21
3 x 8 = 24
3 x 9 = 27
3 x 10 = 30

4

4 x 1 = 4
4 x 2 = 8
4 x 3 = 12
4 x 4 = 16
4 x 5 = 20
4 x 6 = 24
4 x 7 = 28
4 x 8 = 32
4 x 9 = 36
4 x 10 = 40

5

5 x 1 = 5
5 x 2 = 10
5 x 3 = 15
5 x 4 = 20
5 x 5 = 25
5 x 6 = 30
5 x 7 = 35
5 x 8 = 40
5 x 9 = 45
5 x 10 = 50

6

6 x 1 = 6
6 x 2 = 12
6 x 3 = 18
6 x 4 = 24
6 x 5 = 30
6 x 6 = 36
6 x 7 = 42
6 x 8 = 48
6 x 9 = 54
6 x 10 = 60

7

7 x 1 = 7
7 x 2 = 14
7 x 3 = 21
7 x 4 = 28
7 x 5 = 35
7 x 6 = 42
7 x 7 = 49
7 x 8 = 56
7 x 9 = 63
7 x 10 = 70

8

8 x 1 = 8
8 x 2 = 16
8 x 3 = 24
8 x 4 = 32
8 x 5 = 40
8 x 6 = 48
8 x 7 = 56
8 x 8 = 64
8 x 9 = 72
8 x 10 = 80

9

9 x 1 = 9
9 x 2 = 18
9 x 3 = 27
9 x 4 = 36
9 x 5 = 45
9 x 6 = 54
9 x 7 = 63
9 x 8 = 72
9 x 9 = 81
9 x 10 = 90

10

10 x 1 = 10
10 x 2 = 20
10 x 3 = 30
10 x 4 = 40
10 x 5 = 50
10 x 6 = 60
10 x 7 = 70
10 x 8 = 80
10 x 9 = 90
10 x 10 = 100

5 x 2 = 10
E
10 ÷ 2 = 5!

5 + 4 = 9
E
9 - 4 = 5!

TABUADA DE SUBTRAÇÃO

0
1 - 0 = 1
2 - 0 = 2
3 - 0 = 3
4 - 0 = 4
5 - 0 = 5
6 - 0 = 6
7 - 0 = 7
8 - 0 = 8
9 - 0 = 9
10 - 0 = 10

1
1 - 1 = 0
2 - 1 = 1
3 - 1 = 2
4 - 1 = 3
5 - 1 = 4
6 - 1 = 5
7 - 1 = 6
8 - 1 = 7
9 - 1 = 8
10 - 1 = 9

2
2 - 2 = 0
3 - 2 = 1
4 - 2 = 2
5 - 2 = 3
6 - 2 = 4
7 - 2 = 5
8 - 2 = 6
9 - 2 = 7
10 - 2 = 8
11 - 2 = 9

3
3 - 3 = 0
4 - 3 = 1
5 - 3 = 2
6 - 3 = 3
7 - 3 = 4
8 - 3 = 5
9 - 3 = 6
10 - 3 = 7
11 - 3 = 8
12 - 3 = 9

4
4 - 4 = 0
5 - 4 = 1
6 - 4 = 2
7 - 4 = 3
8 - 4 = 4
9 - 4 = 5
10 - 4 = 6
11 - 4 = 7
12 - 4 = 8
13 - 4 = 9

5
5 - 5 = 0
6 - 5 = 1
7 - 5 = 2
8 - 5 = 3
9 - 5 = 4
10 - 5 = 5
11 - 5 = 6
12 - 5 = 7
13 - 5 = 8
14 - 5 = 9

6
6 - 6 = 0
7 - 6 = 1
8 - 6 = 2
9 - 6 = 3
10 - 6 = 4
11 - 6 = 5
12 - 6 = 6
13 - 6 = 7
14 - 6 = 8
15 - 6 = 9

7
7 - 7 = 0
8 - 7 = 1
9 - 7 = 2
10 - 7 = 3
11 - 7 = 4
12 - 7 = 5
13 - 7 = 6
14 - 7 = 7
15 - 7 = 8
16 - 7 = 9

8
8 - 8 = 0
9 - 8 = 1
10 - 8 = 2
11 - 8 = 3
12 - 8 = 4
13 - 8 = 5
14 - 8 = 6
15 - 8 = 7
16 - 8 = 8
17 - 8 = 9

9
9 - 9 = 0
10 - 9 = 1
11 - 9 = 2
12 - 9 = 3
13 - 9 = 4
14 - 9 = 5
15 - 9 = 6
16 - 9 = 7
17 - 9 = 8
18 - 9 = 9

REPARE QUE AS OPERAÇÕES DE SUBTRAÇÃO E DIVISÃO SÃO INVERSAS ÀS OPERAÇÕES DE SOMA E MULTIPLICAÇÃO, RESPECTIVAMENTE!

TABUADA DE DIVISÃO

1
1 ÷ 1 = 1
2 ÷ 1 = 2
3 ÷ 1 = 3
4 ÷ 1 = 4
5 ÷ 1 = 5
6 ÷ 1 = 6
7 ÷ 1 = 7
8 ÷ 1 = 8
9 ÷ 1 = 9
10 ÷ 1 = 10

2
2 ÷ 2 = 1
4 ÷ 2 = 2
6 ÷ 2 = 3
8 ÷ 2 = 4
10 ÷ 2 = 5
12 ÷ 2 = 6
14 ÷ 2 = 7
16 ÷ 2 = 8
18 ÷ 2 = 9
20 ÷ 2 = 10

3
3 ÷ 3 = 1
6 ÷ 3 = 2
9 ÷ 3 = 3
12 ÷ 3 = 4
15 ÷ 3 = 5
18 ÷ 3 = 6
21 ÷ 3 = 7
24 ÷ 3 = 8
27 ÷ 3 = 9
30 ÷ 3 = 10

4
4 ÷ 4 = 1
8 ÷ 4 = 2
12 ÷ 4 = 3
16 ÷ 4 = 4
20 ÷ 4 = 5
24 ÷ 4 = 6
28 ÷ 4 = 7
32 ÷ 4 = 8
36 ÷ 4 = 9
40 ÷ 4 = 10

5
5 ÷ 5 = 1
10 ÷ 5 = 2
15 ÷ 5 = 3
20 ÷ 5 = 4
25 ÷ 5 = 5
30 ÷ 5 = 6
35 ÷ 5 = 7
40 ÷ 5 = 8
45 ÷ 5 = 9
50 ÷ 5 = 10

6
6 ÷ 6 = 1
12 ÷ 6 = 2
18 ÷ 6 = 3
24 ÷ 6 = 4
30 ÷ 6 = 5
36 ÷ 6 = 6
42 ÷ 6 = 7
48 ÷ 6 = 8
54 ÷ 6 = 9
60 ÷ 6 = 10

7
7 ÷ 7 = 1
14 ÷ 7 = 2
21 ÷ 7 = 3
28 ÷ 7 = 4
35 ÷ 7 = 5
42 ÷ 7 = 6
49 ÷ 7 = 7
56 ÷ 7 = 8
63 ÷ 7 = 9
70 ÷ 7 = 10

8
8 ÷ 8 = 1
16 ÷ 8 = 2
24 ÷ 8 = 3
32 ÷ 8 = 4
40 ÷ 8 = 5
48 ÷ 8 = 6
56 ÷ 8 = 7
64 ÷ 8 = 8
72 ÷ 8 = 9
80 ÷ 8 = 10

9
9 ÷ 9 = 1
18 ÷ 9 = 2
27 ÷ 9 = 3
36 ÷ 9 = 4
45 ÷ 9 = 5
54 ÷ 9 = 6
63 ÷ 9 = 7
72 ÷ 9 = 8
81 ÷ 9 = 9
90 ÷ 9 = 10

10
10 ÷ 10 = 1
20 ÷ 10 = 2
30 ÷ 10 = 3
40 ÷ 10 = 4
50 ÷ 10 = 5
60 ÷ 10 = 6
70 ÷ 10 = 7
80 ÷ 10 = 8
90 ÷ 10 = 9
100 ÷ 10 = 10

AS OPERAÇÕES ARITMÉTICAS

NA ARITMÉTICA, EXISTEM QUATRO OPERAÇÕES BÁSICAS CONHECIDAS COM SEUS RESPECTIVOS SINAIS: SOMAR (+), SUBTRAIR (-), MULTIPLICAR (x) E DIVIDIR (÷ OU :).

VAMOS ESTUDAR CADA UMA DELAS!

SOMAR

OS NÚMEROS QUE COMPÕEM A OPERAÇÃO DE SOMAR SÃO AS **PARCELAS** E O RESULTADO É A **SOMA** OU **TOTAL**.

E COMO SE FAZ A SOMA COM NÚMEROS DE MAIS DE UM ALGARISMO?

SE OS NÚMEROS FOREM GRANDES, O IMPORTANTE É QUE TODOS ELES FIQUEM COM O ÚLTIMO ALGARISMO NO MESMO LUGAR, À DIREITA. COMECE A SOMAR SEMPRE DA COLUNA DA DIREITA PARA A ESQUERDA.

①
```
  1288    → PARCELA
+ 1235    → PARCELA
  ────
  2523    → SOMA OU TOTAL
```

②
```
   124    → PARCELA
   213    → PARCELA
+  278    → PARCELA
   ───
   615    → SOMA OU TOTAL
```

DICA DA PROFESSORA GIMENES

PROVA REAL

✓ PARA CONFIRMAR SE O RESULTADO ESTÁ CERTO, SOME DUAS PARCELAS E SUBTRAIA UMA DAS PARCELAS DO TOTAL. O RESULTADO DEVE SER A OUTRA PARCELA.

✓ SE A SOMA TIVER MAIS DE DUAS PARCELAS, RISQUE UMA DELAS E SOME AS QUE RESTARAM. DEPOIS, SUBTRAIA ESSA NOVA SOMA DO TOTAL DA SOMA ANTERIOR: O RESULTADO DEVE SER A PARCELA QUE VOCÊ RISCOU!

SUBTRAIR

PARA SUBTRAIR NÚMEROS COM DOIS OU MAIS ALGARISMOS DE UM OUTRO, DEIXE SEMPRE A UNIDADE ACIMA DA UNIDADE, A DEZENA ACIMA DA DEZENA, A CENTENA ACIMA DA CENTENA... E ASSIM POR DIANTE.

ESCREVA O NÚMERO MAIOR (**MINUENDO**) EM CIMA DO MENOR (**SUBTRAENDO**). DEPOIS, TIRE CADA UNIDADE DO NÚMERO MENOR DO CORRESPONDENTE MAIOR. O RESULTADO CHAMA-SE **DIFERENÇA** OU **RESTO**.

①
```
   9    → MINUENDO
-  4    → SUBTRAENDO
   ─
   5    → DIFERENÇA OU RESTO
```

②
```
   1¹10    → MINUENDO
- ¹⁺65     → SUBTRAENDO
   ───
   045    → DIFERENÇA OU RESTO
```

QUANDO ALGUM ALGARISMO DO MINUENDO FOR MENOR QUE O SUBTRAENDO, SOMAM-SE 10 AO MINUENDO E 1 AO SUBTRAENDO LOGO À ESQUERDA, E ASSIM ATÉ O FINAL DA OPERAÇÃO.

COLOQUE O NÚMERO EQUIVALENTE À DEZENA QUE EXCEDEU AO LADO DELE, PARA FACILITAR O CÁLCULO.

DICA DA PROFESSORA GIMENES

PROVA REAL

✓ SOME O SUBTRAENDO COM A DIFERENÇA (RESTO). SE O RESULTADO FOR IGUAL AO MINUENDO, A OPERAÇÃO ESTARÁ CORRETA!

MULTIPLICAR

NA MULTIPLICAÇÃO, EXISTEM O MULTIPLICANDO E O MULTIPLICADOR, CHAMADOS DE **FATORES**. O RESULTADO DA MULTIPLICAÇÃO É CHAMADO DE **PRODUTO** OU **TOTAL**.

UM NÚMERO (**MULTIPLICANDO**) SE REPETE TANTAS VEZES QUANTAS UNIDADES TEM O OUTRO NÚMERO (**MULTIPLICADOR**).

MULTIPLIQUE CADA UNIDADE DO MULTIPLICADOR POR TODO O MULTIPLICANDO: O PRIMEIRO ALGARISMO DA DIREITA DE CADA RESULTADO PARCIAL DEVE FICAR EMBAIXO DO ALGARISMO MULTIPLICADOR DA VEZ.

```
    543    → MULTIPLICANDO
 ×   32    → MULTIPLICADOR
   1086
  1629 +
  17376   → PRODUTO OU TOTAL
```

FAÇA UMA NOVA LINHA E SOME OS RESULTADOS PARCIAIS PARA ACHAR O RESULTADO TOTAL.

DICA DA PROFESSORA GIMENES

PROVA REAL

✓ PARA SABER SE O RESULTADO ESTÁ CERTO, DIVIDA O PRODUTO, OU TOTAL, POR UM DOS DOIS FATORES. O RESULTADO DESSA DIVISÃO DEVERÁ SER O OUTRO FATOR!

DIVIDIR

ESTA OPERAÇÃO SERVE PARA REPARTIR OS NÚMEROS EM QUANTIDADES IGUAIS. EM UMA CONTA DE DIVISÃO, CADA NÚMERO TAMBÉM TEM UM NOME.

DIVIDENDO É O NÚMERO QUE SERÁ DIVIDIDO. **DIVISOR** É O NÚMERO DE PARTES PELO QUAL SE VAI DIVIDIR. **QUOCIENTE** É O RESULTADO. NAS DIVISÕES NÃO EXATAS, EXISTE O **RESTO**, UM NÚMERO POR DIVIDIR, SEMPRE MENOR QUE O DIVISOR.

```
DIVIDENDO ←  33 | 2  → DIVISOR
RESTO     ←   1 | 16 → QUOCIENTE
```

①
```
33 | 2
```

②
```
③3 | 2
    1
```

③
```
 33 | 2
- 2 | 1
  1      1 × 2 = 2
```

④
```
 3③ | 2
- 2 | 16
  ⑬
```

⑤
```
 33 | 2
- 2  | 16
  13
- 12      6 × 2 = 12
  01
```

DICA DA PROFESSORA GIMENES

PROVA REAL

✓ PARA SABER SE A OPERAÇÃO ESTÁ CERTA, MULTIPLIQUE O QUOCIENTE PELO DIVISOR. SE TIVER RESTO, SOME-O COM ESSE RESULTADO. SE O RESULTADO FINAL FOR IGUAL AO DIVIDENDO, ESTÁ TUDO CERTO!

SISTEMA MÉTRICO DECIMAL

O QUE SIGNIFICA?

UM MODO DE MEDIR USANDO O 10

QUE LEGAL, ENTENDI!

POR QUE 10?
AS MEDIÇÕES FEITAS DE 10 EM 10 FORAM INSPIRADAS NO NÚMERO DE DEDOS DE NOSSAS MÃOS! A PARTIR DO SÉCULO 18, VÁRIOS PAÍSES DO MUNDO ADOTARAM ESSE PADRÃO.

VAMOS CONHECER AS MEDIDAS QUE USAM O 10 COMO PADRÃO PARA OS MÚLTIPLOS E OS SUBMÚLTIPLOS!

SÃO ELAS O GRAMA, O LITRO E O METRO, QUE PODEM SER MULTIPLICADOS OU DIVIDIDOS POR 10, POR 100 E POR 1000.

O GRAMA

QUILO É A FORMA REDUZIDA DE "QUILOGRAMA".
ELE REPRESENTA A MASSA DE UM CORPO, QUE ESTAMOS ACOSTUMADOS A CHAMAR DE PESO.
O GRAMA É A UNIDADE FUNDAMENTAL DE MASSA.
ANTES DE VER O QUADRO, LEMBRE-SE DESTAS OPERAÇÕES DE MULTIPLICAÇÃO E DIVISÃO:

▶ $1 \times 10 = 10$
$1 \times 100 = 100$
$1 \times 1000 = 1000$

▶ $1 \div 10 = 0,1$
$1 \div 100 = 0,01$
$1 \div 1000 = 0,001$

1 QUILO (KG) É FORMADO POR 1 000 GRAMAS (G) E 1000 QUILOS FORMAM 1 TONELADA (T)!

MILIGRAMA (MG)	CENTIGRAMA (CG)	DECIGRAMA (DG)	GRAMA (G)	DECAGRAMA (DAG)	HECTOGRAMA (HG)	QUILOGRAMA (KG)
0,001 GRAMA	0,01 GRAMA	0,1 GRAMA	1	10 GRAMAS	100 GRAMAS	1000 GRAMAS
UMA MILÉSIMA PARTE DE UM GRAMA	UMA CENTÉSIMA PARTE DE UM GRAMA	UMA DÉCIMA PARTE DE UM GRAMA				

DE QUANTOS MILIGRAMAS EU PRECISO PARA FORMAR UM GRAMA?

DE QUANTOS DECIGRAMAS EU PRECISO PARA FORMAR UM GRAMA?

AGORA PENSE MAIS UM POUQUINHO!
SE CADA CEM CENTIGRAMAS É UM GRAMA, QUANTOS CENTIGRAMAS FORMAM UM QUILO?

MIL!

DEZ!

CEM MIL!

VAMOS CONFERIR?
$0,01 \times 100000 = 1000$.
1000 GRAMAS = 1 QUILO.
PERFEITO!

O LITRO

O LITRO É UMA UNIDADE FUNDAMENTAL DA CAPACIDADE USADA PARA SABER QUANTO LÍQUIDO CABE EM UM RECIPIENTE. EM UM GARRAFÃO DE ÁGUA, POR EXEMPLO, ENCONTRAMOS A CAPACIDADE EM LITROS QUE ELE PODE CONTER. EM MASSA, UM LITRO CORRESPONDE A UM QUILO.

MILILITRO (ML)	CENTILITRO (CL)	DECILITRO (DL)	LITRO (L)	DECALITRO (DAL)	HECTOLITRO (HL)	QUILOLITRO (KL)
0,001 LITRO	0,01 LITRO	0,1 LITRO	1	10 LITROS	100 LITROS	1000 LITROS
UMA MILÉSIMA PARTE DE UM LITRO	UMA CENTÉSIMA PARTE DE UM LITRO	UMA DÉCIMA PARTE DE UM LITRO				

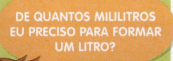

DE QUANTOS MILILITROS EU PRECISO PARA FORMAR UM LITRO?

MIL!

CONSULTE A TABELA E RESPONDA:
QUANTOS MILILITROS CABEM EM UM GARRAFÃO COM CAPACIDADE DE 2,5 L (DOIS LITROS E MEIO)?

VAMOS CONFERIR?
EM 1 LITRO CABEM 1000 MILILITROS.
EM 2 LITROS CABEM 2000 MILILITROS (2 x 1000).
EM MEIO LITRO CABEM 500 MILILITROS.
ENTÃO: 2000 MILILITROS + 500 MILILITROS = 2500 MILILITROS.
CERTÍSSIMO!

2500 MILILITROS!

O METRO

ESSA É UMA UNIDADE DE MEDIDA QUE VOCÊ CONHECE BEM, POIS ELA APARECE EM SUA RÉGUA. VEJA DENTRO DO ESPAÇO DE UM CENTÍMETRO DEZ TRACINHOS, CADA UM REPRESENTANDO 1 MILÍMETRO. UM MILÍMETRO É UMA PARTE DE MIL QUE FORMAM UM METRO!

MILÍMETRO (MM)	CENTÍMETRO (CM)	DECÍMETRO (DM)	METRO (M)	DECÂMETRO (DAM)	HECTÂMETRO (HM)	QUILÔMETRO (KM)
0,001 METRO	0,01 METRO	0,1 METRO	1	10 METROS	100 METROS	1000 METROS
UMA MILÉSIMA PARTE DE UM METRO	UMA CENTÉSIMA PARTE DE UM METRO	UMA DÉCIMA PARTE DE UM METRO				

QUANTOS MILÍMETROS FORMAM UM CENTÍMETRO?
DEZ.

QUANTOS MILÍMETROS HÁ EM UMA RÉGUA DE DEZ CENTÍMETROS?
CEM MILÍMETROS.

VAMOS CONFERIR?
CADA CENTÍMETRO TEM DEZ MILÍMETROS: 10 x 10 = 100. CORRETO!

NÃO ESQUEÇA MAIS!

▸ UNIDADE FUNDAMENTAL DE MASSA = GRAMA (G)

▸ UNIDADE FUNDAMENTAL DE CAPACIDADE = LITRO (L)

▸ UNIDADE FUNDAMENTAL DE COMPRIMENTO = METRO (M)

NUMERAIS

OS NUMERAIS EXPRESSAM QUANTIDADE, ORDEM, MULTIPLICAÇÃO OU FRAÇÃO. PODEM SER ESCRITOS POR SÍMBOLOS (NÚMEROS OU LETRAS) OU POR EXTENSO.

CARDINAL ▶ INDICA QUANTIDADE.
ORDINAL ▶ INDICA ORDEM.
MULTIPLICATIVO ▶ INDICA MULTIPLICAÇÃO.
FRACIONÁRIO ▶ INDICA DIVISÃO, FRAÇÃO.

OS ROMANOS USAVAM LETRAS EM VEZ DE NÚMEROS. UM TRAÇO EM CIMA DA LETRA MULTIPLICA SEU VALOR POR 1000.

ASSIM, O $\overline{C}$ VALE 100000 (100 x 1000), O $\overline{D}$ VALE 500000 E O $\overline{M}$ VALE 1000000.

CARDINAIS (ARÁBICOS / ROMANOS)

0	–	ZERO	20	XX	VINTE
1	I	UM	30	XXX	TRINTA
2	II	DOIS	40	XL	QUARENTA
3	III	TRÊS	50	L	CINQUENTA
4	IV	QUATRO	60	LX	SESSENTA
5	V	CINCO	70	LXX	SETENTA
6	VI	SEIS	80	LXXX	OITENTA
7	VII	SETE	90	XC	NOVENTA
8	VIII	OITO	100	C	CEM
9	IX	NOVE	101	CI	CENTO E UM
10	X	DEZ	200	CC	DUZENTOS
11	XI	ONZE	300	CCC	TREZENTOS
12	XII	DOZE	400	CD	QUATROCENTOS
13	XIII	TREZE	500	D	QUINHENTOS
14	XIV	CATORZE	600	DC	SEISCENTOS
15	XV	QUINZE	700	DCC	SETECENTOS
16	XVI	DEZESSEIS	800	DCCC	OITOCENTOS
17	XVII	DEZESSETE	900	CM	NOVECENTOS
18	XVIII	DEZOITO	1000	M	MIL
19	XIX	DEZENOVE	1100	MC	MIL E CEM

ORDINAIS

1º	PRIMEIRO		20º	VIGÉSIMO
2º	SEGUNDO		30º	TRIGÉSIMO
3º	TERCEIRO		40º	QUADRAGÉSIMO
4º	QUARTO		50º	QUINQUAGÉSIMO
5º	QUINTO		60º	SEXAGÉSIMO
6º	SEXTO		70º	SEPTUAGÉSIMO
7º	SÉTIMO		80º	OCTOGÉSIMO
8º	OITAVO		90º	NONAGÉSIMO
9º	NONO		100º	CENTÉSIMO
10º	DÉCIMO		101º	CENTÉSIMO PRIMEIRO
11º	DÉCIMO PRIMEIRO		200º	DUCENTÉSIMO
12º	DÉCIMO SEGUNDO		300º	TRECENTÉSIMO
13º	DÉCIMO TERCEIRO		400º	QUADRINGENTÉSIMO
14º	DÉCIMO QUARTO		500º	QUINGENTÉSIMO
15º	DÉCIMO QUINTO		600º	SEXCENTÉSIMO
16º	DÉCIMO SEXTO		700º	SETINGENTÉSIMO
17º	DÉCIMO SÉTIMO		800º	OCTINGENTÉSIMO
18º	DÉCIMO OITAVO		900º	NONINGENTÉSIMO
19º	DÉCIMO NONO		1000º	MILÉSIMO

FRACIONÁRIOS

1/1	–	1/9	UM NONO
1/2	UM MEIO, METADE	1/10	UM DÉCIMO
1/3	UM TERÇO	1/11	UM ONZE AVOS
1/4	UM QUARTO	1/12	UM DOZE AVOS
1/5	UM QUINTO	1/13	UM TREZE AVOS
1/6	UM SEXTO	1/100	UM CEM AVOS, CENTÉSIMO
1/7	UM SÉTIMO	1/200	UM DUZENTOS AVOS, DUCENTÉSIMO
1/8	UM OITAVO	1/1000	UM MIL AVOS, UM MILÉSIMO

MULTIPLICATIVOS

1	–	9	NÔNUPLO
2	DUPLO, DOBRO, DÚPLICE	10	DÉCUPLO
3	TRIPLO, TRÍPLICE	11	UNDÉCUPLO / ONZE VEZES
4	QUÁDRUPLO	12	DUODÉCUPLO / DOZE VEZES
5	QUÍNTUPLO	13	TREZE VEZES
6	SÊXTUPLO	100	CÊNTUPLO
7	SÉTUPLO	200	DUZENTAS VEZES
8	ÓCTUPLO	1000	MIL VEZES

QUADRO DE ANOTAÇÕES

USE ESTE QUADRO PARA FAZER ANOTAÇÕES NECESSÁRIAS PARA RESOLVER OS PROBLEMAS.

QUADRO DE ANOTAÇÕES